'사랑'이란 단어가 너무 쉽고, 가벼워져 버린
이 시대를 함께하는 여러분께.

이 시집 속 시들의 목소리가 당신 곁 그분에게,
당신의 순수하고 따뜻한 마음이
충분히 이를 수 있기를 진심으로 바랍니다.

내
사
랑
100°
詩

내
사
랑
100°
詩

시의 참맛을 느끼기에 암송만큼 좋은 방법은 없습니다.
시를 외우려면 온 마음을 집중해야 합니다.
온갖 상념으로 엉켜 있던 머릿속을 비워 내지 않고는 뭔가를 외울 수가 없지요.
그러는 사이 마음속 힐링도 경험할 수 있을 겁니다.
이 책에는 시를 쉽게 외울 수 있게 하는 몇 가지 장치가 담겨 있습니다.
먼저 시가 있는 부분을 잘라 내어 틈나는 대로 읽으면서 외워 보세요.
시를 다 외운 다음에는 옆의 여백에 옮겨 적어 보세요.
책에 수록된 시 이외에 본인이 평소에 좋아하는 시를 적어 넣어도 좋습니다.
마지막으로 표지의 날개를 접어 넣으면 나만의 시집이 완성됩니다.
제목도 멋지게 붙여 보세요.

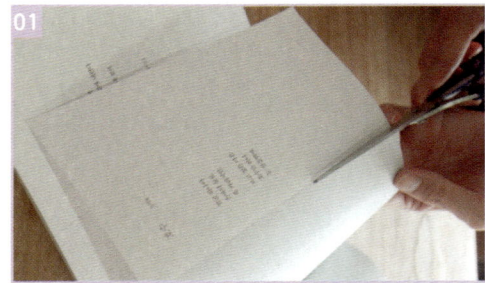

자릅니다.

외웁니다.

외운 시를 글로 써 봅니다.

내 손글씨가 담긴 시집을 만듭니다.

1장 77° 내 가슴이 뛰기 시작하는

2장 100° 네가 보고파 안달 나 끓는

3장 90° 오랜 시간 은근히 우려낸

77°

내 가슴이 뛰기 시작하는

내　사　랑

1 0 0 도 詩

정호승

1950~

정제된 서정으로 비극적 현실 세계에 대한 자각 및 사랑과 외로움을 노래하는 시인.
사랑하는 이를 위해서라면 나 자신을 기꺼이 희생하겠다는 순애보에 가슴이 먹먹해진다.

당신에게 정호승

오늘도 당신의 밤하늘을 위해
나의 작은 등불을 끄겠습니다

오늘도 당신의 별들을 위해
나의 작은 촛불을 끄겠습니다

나선미

1995~

스무 살이 되고 시를 본격적으로 시작했다. 이후 스물한 살이라는 이른 나이에 마음에 여운을 주는 시집을 출간했다. 사랑이 시작될 때, 그대가 맨발이어도 빈손이어도 나는 온통 사랑으로 물든다.

찰나의 무채색 나선미

너는 맨발로 걸어와
깊은 발자국을 남겼고

너는 빈손으로도
내 세상을 가득 채워주었고

너는 체취만으로
나를 물들였다.

내　사　랑

100도詩

박가을

1955~

마음을 내 뜻대로 할 수 없는 것. 반만 주려고 해도 다 줄 수밖에 없는 것. 그것이 순수한 사랑이다.

사랑을 훔치다 박가을

가슴에
꼭 넣어 두었는데
다 가져가버렸습니다

살짝
보고 싶었는데
어쩌죠,
다 주고 말았습니다.

내　사　랑

1 0 0 도 詩

김인육

1963~
제비꽃처럼 조그맣고 꽃잎처럼 가벼워도 나라는 존재 자체를 블랙홀처럼 빨아들이는 그대,
나의 첫사랑.

사랑의 물리학   김인육

질량의 크기는 부피와 비례하지 않는다

제비꽃같이 조그마한 그 계집애가
꽃잎같이 하늘거리는 그 계집애가
지구보다 더 큰 질량으로 나를 끌어당긴다.
순간, 나는
뉴턴의 사과처럼
사정없이 그녀에게로 굴러 떨어졌다
쿵 소리를 내며, 쿵쿵 소리를 내며

심장이
하늘에서 땅까지
아찔한 진자운동을 계속하였다
첫사랑이었다.

내　사　랑

1 0 0 도 詩

윤보영

1961~
방 한가득 채우고도 모자라 창문을 열자마자 기다렸다는 듯 밀고 들어오는 너에 대한 생각.
너에 대한 이 주체할 수 없는 생각이 사랑의 시작인 걸까?

어쩌면 좋지 윤보영

자다가 눈을 떴어
방안에 온통 네 생각만 떠 다녀
생각을 내보내려고 창문을 열었어
그런데
창문 밖에 있던 네 생각들이
오히려 밀고 들어오는 거야

어쩌면 좋지

복효근

1962~
사랑한다, 좋아한다 말하지 않아도, 쏟아지는 빗속에서 함께 쓰고 있는 우산은 사랑의 떨림을 가장 드라마틱하게 표현할 수 있는 운명적 장치. 비 오는 날에도 내 품속 그녀에 대한 절절한 사랑으로 '햇살 쨍쨍'한 나의 가슴.

내　사　랑

1 0 0 도 詩

우산이 좁아서   복효근

왼쪽엔 내가
오른쪽엔 네가 나란히 걸으며
비바람 내리치는 길을
좁은 우산 하나로 버티며 갈 때
그 길 끝에서
내 왼쪽 어깨보다 덜 젖은 네 어깨를 보며
다행이라 여길 수 있다면
길이 좀 멀었어도 좋았을걸 하면서
내 왼쪽 어깨가 더 젖었어도 좋았을걸 하면서
젖지 않은 내 가슴 저 안쪽은 오히려 햇살이 짱짱하여
그래서 더 미안하기도 하면서

내 사 랑

100도詩

김요비

1992~

"이 사람은 이게 싫고, 저 사람은 저게 싫어!" 순수한 사랑 그 자체보다는 사회적 조건과 불필요한 잣대가 난무하는 시대에, '함부로 믿어보고 싶은 인연'은 청춘의 사랑이 누릴 수 있는 특권일지도 모른다.

그런 날   김요비

왜, 그런 날 있잖아요. 버스를 기다릴까, 택시를 잡을
까. 그러다 달빛에 사로잡혀 무작정 걷게 되는 날이
요. 밝은 네온사인 불빛보다 옅은 달의 그림자가 더
밝게 나를 끌어당기는 날. 혼자 걷고 싶지만 어쩐지
누구라도 우연히 마주치고 싶은 날. 함부로 인연을
믿어도 보고 싶은, 그런 날.

심장근

내　사　랑

1 0 0 도 詩

1956~
너에 대한 생각이 쉬지 않고 꽃처럼 피어나는 밤은 짧다. 밤새 피어난 꽃이 나의 하루를 꽃길
로 만들고 내가 먹는 밥도 '꽃밥'으로 만든다. 그러나 아직은 조심스럽다. 행여 달아날까 봐.
그래서 그냥 기회가 될 때 밥 한번 먹자고 한다. 꼭!

좋음 심장근

짧은 밤에도 어쩌자고 꽃은 빈틈없이 피는지
꽃은 피어서 내 하루를 꽃길로 만드는지

기회가 될 때
꽃밥 한 번 꼭 같이 먹어요!

내　사　랑

1 0 0 도 詩

헤르만 헤세

1877~1962

사랑에 빠진 내가 할 수 있는 것은 아무것도 없다. 그대가 좋아하는 꽃이 되어, 그대가 나를
선택해 주기를 기다리는 것밖에.

연가 헤르만 헤세

나는 꽃이기를 바랐다
그대가 조용히 걸어와
그대 손으로 나를 붙잡아
그대의 것으로 만들기를

김현태

내 사 랑

100도 詩

1972~

사랑이 가슴 가득 들어찰 때는 평소에는 코빼기도 안 비추던 용기가 어디서 나오는지. 어떤 시련이든 이겨낼 것만 같은 힘은 어디서 샘솟는지. 그게 '첫사랑'이면 오죽하랴.

첫사랑 　김현태

눈을 다 감고도
갈 수 있느냐고
비탈길이 나에게 물었다
나는 답했다
두 발 없이도
아니, 길이 없어도
나 그대에게 갈 수 있다고

내 사 랑

100도 詩

임중효

눈에 넣어도 아프지 않은 사랑. 부모가 자식에게 주는 사랑이다. 남녀의 사랑이 이 경지에 이
르렀다면 더 이상의 사랑은 없을 것이다.

안약 임중효

마치 너는 안약처럼
눈에 넣어도 아프지 않아
너를 눈에 담고 눈을
감고 싶다 오랫동안

알퐁스 도데

1840~1897

사랑이 깊어지기 시작할 때, 그 깊이를 가늠하지 못하는 청춘의 가슴 속에는 늘 비장감이 넘친다. 이 사람이 나에게 어떤 행동을 하든, 설령 날 외면할지라도 나는 그 사람과 함께하겠다는, 그것은 가장 날것의 사랑이다.

그대가 나의 사랑이
되어 준다면 알퐁스 도데

그대가 나의 사랑이 되어 준다면
내 인생을 모두 걸고서라도
그대와 함께 이 길을 가겠습니다
외롭고 힘겨운 이 길,
그러나 그대가 내 곁에 있기에
언제나 행복한 길,
그대의 사람이 되어 영원히 저 무덤 속까지

내 사 랑

1 0 0 도 詩

도나 뽀쁘헤

사랑을 전달하는 것은 참 어렵다. 그래서 사랑을 고백하는 방법도 수천 가지가 있는 것일 터. 내 사랑을 알아주지 못하는 그대가 너무나 야속할 때, 서로의 마음을 한 순간만이라도 바꿔 볼 수 있다면 얼마나 쉬울까.

한 순간만이라도 <small>도나 뽀쁘혜</small>

단 한순간만이라도
그대와 내가
서로 뒤바뀌었으면 좋겠어요.
그래야 그대가 알게 될 테니까요.
내가 그대를
얼마나 사랑하고 있는지를요.

내 사 랑

100 도 詩

변세영

사랑이 시작될 때, 이 세상 모든 것이 다른 빛깔로, 다른 모습으로, 다른 의미로 다가온다.
그래서 우리는 알 수 있다. 사랑이 시작되고 있음을……

사랑이 시작될 때 변세영

노래가
배경음악이 될 때

시가
떨리는 목소리가 될 때

꽃이
고민하는 빛깔이 될 때

강물이
흐르는 반짝임이 될 때

풍경이
보여주고픈 사진이 될 때

눈동자가
마주 본 흔들림이 될 때

내 사 랑

1 0 0 도 詩

남겨두고 싶은 시

내 사 랑

1 0 0 도 詩

남겨두고 싶은 시

$100°$

네가 보고파 안달 나 끓는

내　사　랑

100도 詩

나태주

1945~
전통적 서정성을 바탕으로 자연의 아름다움, 신비로움, 미묘함, 삶의 정경, 인정과 사랑의 연
연함 등을 노래한다. 20대의 사랑은 이해타산을 따지지 않는다. 오로지 마음으로 놓인 고속
도로를 질주할 뿐.

그리움 나태주

가지 말라는데 가고 싶은 길이 있다
만나지 말자면서 만나고 싶은 사람이 있다
하지 말라면 더욱 해보고 싶은 일이 있다

그것이 인생이고 그리움
바로 너다.

내　사　랑

100도 詩

고정희

1948~1991
그리움, 듣기만 해도 가슴 저릿해지는 단어. 그 가슴 저림이 사랑이라는 강력한 전류가 내 몸
을 타고 흐르기 시작했음을 알리는 신호이리라.

고백 - 편지6   고정희

너에게로 가는
그리움의 전깃줄에
나는
감
전
되
었
다

내 사 랑

1 0 0 도 詩

안도현

1961~
진정한 사랑은 자신이 기꺼이 어둠이 되어 상대를 빛나게 하는 것인지도 모른다. 앞장서
끌고 가며 내가 보는 것을 보고, 내가 듣는 것을 들으라고 강요하는 것은 진정한 사랑이 아
님을……

어둠이 되어 안도현

그대가 한밤내
초롱초롱 별이 되고 싶다면
나는 밤새도록
눈도 막고 귀도 막고
그대의 등 뒤에서
어둠이 되어 주겠습니다

내　사　랑

1 0 0 도 詩

김광규

1941~
너와 내가 사랑하는 지금 이 순간, 그 어떤 추위도 함께라면 견뎌낼 수 있는 '집'과 '따스한
방'과 '바깥'이 될 수 있는 건, 함께 만드는 따스한 사랑이 있기 때문이다.

밤눈   <small>김광규</small>

겨울밤
노천 역에서
전동차를 기다리며 우리는
서로의 집이 되고 싶었다
안으로 들어가
온갖 부끄러움 감출 수 있는
따스한 방이 되고 싶었다
눈이 내려도
바람이 불어도
날이 밝을 때까지 우리는
서로의 바깥이 되고 싶었다

헤르만 헤세

1877~1962

그대를 향한 나의 모든 감정. 전에는 알지도 느껴보지도 못했던, 마구잡이로 나를 흔들어대
는 이 감정. 이것이 사랑이라면 내게 사랑을 가르쳐준 사람은 바로 당신일 터.

내가 만약

헤르만 헤세

내가 만약
사랑이 어떤 것인지를 알게 된다면
그것은
오직
그대 때문입니다

내　사　랑

1 0 0 도 詩

이정하

1962~
'잠겨 죽어도 좋은 사랑'에서 비장함이 가득하다. 하지만 이 비장함은, 아직 오지 않은, 더 훗
날의 사랑을 위한 비장함을 담고 있다. 나를 온전히 비우고, 존재마저 너에게 주더라도 나는
너와 함께 살아갈 것이라는 각오는, 가장 뜨거운 사랑을 나눌 때의 연인이 그리는 미래에 닿
아 있다.

낮은 곳으로   <small>이정하</small>

낮은 곳에 있고 싶었다.
낮은 곳이라면 지상의
그 어디라도 좋다.
찰랑찰랑 고여들 네 사랑을
온몸으로 받아들일 수만 있다면.
한 방울도 헛되이
새어 나가지 않게 할 수 있다면.

그래, 내가
낮은 곳에 있겠다는 건
너를 위해 나를
온전히 비우겠다는 뜻이다.
나의 존재마저 너에게
흠뻑 주고 싶다는 뜻이다.
잠겨 죽어도 좋으니
너는
물처럼 내게 밀려오라.

내　사　랑

１００ 도 詩

정호성

물이 절절 끓는 가마솥은 가까이 다가가기조차 두려워지는 대상이다. 하지만 이왕 죽음을
각오한 사랑이라면 그렇게 절절 끓어보고 싶을 것이다.

가마솥 사랑 정호승

이왕 사랑할 바엔
뜨거움 넘어
삶던지
끓이던지
죽어 보는 거야
밋밋한 사랑은 정말 싫어

내 사 랑

100도 詩

김정한

내 마음에 사랑이 들어오면 매 순간 그리움에 몸이 달뜬다. 나를 울게도 하고 웃게도 하는 미칠 만큼 보고 싶은 사람 하나 가지고 싶다.

사랑하는 사람이 있습니다 김정한

밥을 먹다가도
커피를 마시다가도
문득 떠오르는 단 한 사람

그 사람을 생각하면 웃음이 나옵니다
그 사람을 생각하면 눈물이 나옵니다

날 웃게 만드는 사람
날 울게 만드는 사람
내가 사랑하는 사람
그 사람이 미칠 만큼 보고 싶습니다

내 사 랑

100도 詩

변세영

사랑하는 사람의 눈에는 꽃이 더 예뻐 보인다. 꽃을 보면 사고 싶고 그것을 사랑하는 이에게
주고 싶다. 하지만 그건 꽃이 예뻐서가 아니다. 꽃을 보면 사랑하는 사람이 떠오르기 때문
이다.

꽃 변세영

꽃처럼 그대여 시들지 말아 달라는 게 아니에요
꽃처럼 그대여 발 없이 있어 달라는 게 아니에요
꽃처럼 그대여 아름답게 갖춰 달라는 게 아니에요

꽃처럼 그대여 항상 붉어 달라는 게 아니에요
꽃처럼 그대여 한철 붉을 거라는 게 아니에요
꽃처럼 그대여 한번 붉고 말 거란 게 아니에요

꽃만큼이나 너무 좋아서 웃음이 나 그래요
꽃보다 아름다운 나만의 그대여서 그래요

하이네

내 사 랑

1 0 0 도 詩

1797~1856

'당신을 사랑해요'라는 말 한 마디에 눈물이 터져 나올 정도로, 두 연인의 감정은 오롯이 그 두 사람으로만 가득 차 있다. 아무런 조건도 필요 없이, 서로가 서로의 전부가 되는 것, 청춘의 사랑이다.

너의 그 말 한마디에 하이네

너의 해맑은 눈을 조용히 들여다보면
나의 온갖 고뇌가 사라져 버린다
너의 고운 입술에 입을 맞추면
나의 영혼이 잠자듯 되살아난다

따스한 너의 가슴에 몸을 기대면
마치 천국에 온 것 같은 느낌
"당신을 사랑해요."
너의 그 말 한 마디에
한없이 한없이
눈물이 마음속 깊이 흘러내린다.

내 사 랑

1 0 0 도 詩

칼릴 지브란

1883~1931

첫눈에 시작되는 사랑은 충분히 운명이라고 할 자격이 있다. 그 어떤 것도 사이를 갈라놓을 수 없는, 강력한 운명으로 묶인 사랑은 영원할 것이라고 충분히 말할 자격이 있다.

그대를 처음 본 순간 칼릴 지브란

그 깊은 떨림
그 벅찬 깨달음
그토록 익숙하고 가까운 느낌
그대를 처음 본 순간
우리의 모든 것이 시작되었습니다.

지금 그날의 떨림은 생생합니다.
오히려 천 배나 더 깊고
천 배나 더 애틋한 마음이 싹텄습니다
나는 그대를 영원히 사랑하겠습니다.

내 육체가 세상에 태어나기
그대를 만나기 훨씬 전부터
나는 그대를 사랑하고 있었나 봅니다
그대를 처음 본 순간 알아버렸습니다.

운명
우리 두 사람은 하나이며
그 무엇도 우리를 갈라놓을 수는 없습니다.

한용운

내　사　랑

1 0 0 도 詩

1879~1944

나의 꿈은 매우 소박하고 '그대'를 거슬리게 하지 않는다. 다만 주위에서 맴돌며 '그대'가 보다 평온할 수 있도록 지킬 뿐이다. 사랑은 바라는 것이 아니라 주는 것이기에.

나의 꿈 한용운

당신이 맑은 새벽에 나무 그늘 사이에서 산보할 때에, 나의 꿈은 적은 별이 되어서 당신의 머리 위에 지키고 있겠습니다.

당신이 여름날에 더위를 못 이기어 낮잠을 자거든, 나의 꿈은 맑은 바람이 되어서 당신의 주위에 떠돌겠습니다.

당신이 고요한 가을밤에 그윽히 앉아서 글을 볼 때에, 나의 꿈은 귀뚜라미가 되어서 책상 밑에서 '귀똘귀똘' 울겠습니다.

내　사　랑

100 도 詩

김용택

1948~

'당신'은 참 좋은 것들을 다 갖고 있다. '당신'은 '햇빛'이고, '기쁨'이며, '들꽃'이다. 당신이 이렇게 보일 때는, 사랑이 달아오르기 시작할 때이다. 당신의 무엇을 보든, 당신이 무엇을 하든 잘생기고 예뻐 보이는 '콩깍지'가 눈에 한가득 씌었을 때이다.

참 좋은 당신 김용택

어느 봄날
당신의 사랑으로
응달지던 내 뒤란에
햇빛이 들이치는 기쁨을
나는 보았습니다
어둠 속에서 사랑의 불가로
나를 가만히 불러내신 당신은
어둠을 건너온 자만이
만들 수 있는
밝고 환한 빛으로
내 앞에 서서
들꽃처럼 깨끗하게
웃었지요
아
생각만 해도
참
좋은
당신

내 사 랑

1 0 0 도 詩

남겨두고 싶은 시

내 사 랑

1 0 0 도 詩

90°

오랜 시간 은근히 우려낸

고은

1933~

오래된 사랑은 말이 필요 없다. 흔하디 흔한 일들, 그러나 삶에 없어서는 안 될 일들을 때로는 마주 보며 때로는 나란히, 함께하는 것이 해묵은 사랑일 터.

밥 고은

두 사람이 마주 앉아
밥을 먹는다

흔하디 흔한 것
동시에
최고의 것

가로되 사랑이더라

내 사 랑

1 0 0 도 詩

윤보영

1961~
그저 습관처럼 마시는 커피 맛과 그대를 생각하며 마시는 커피 맛은 당연히 다를 터.
더 따끈하고 더 달콤하고 더 고소한 맛. 이 맛에 길들여진 나는 그대 생각을 곁들이지 않은
커피는 싱거워서 마실 수가 없다.

커피 윤보영

커피에
설탕을 넣고
크림을 넣었는데
맛이 싱겁네요.

아,
그대 생각을 빠트렸군요.

내 사 랑

100 도 詩

나태주

1945~

첫 만남만큼 두근거리지도, 닥치는 대로 같이 있고만 싶던 100일처럼 뜨겁지도 않다. 하지만 지금 이 순간은, '너'와 함께 진정한 사랑을 하고 싶다. 그래서 '네 앞에 가장 좋은 사람'이 되고 싶다.

너를 두고 나태주

세상에 와서
내가 하는 말 가운데서
가장 고운 말을
너에게 들려주고 싶다

세상에 와서
내가 가진 생각 가운데서
가장 예쁜 생각을
너에게 주고 싶다

세상에 와서
내가 할 수 있는 표정 가운데
가장 좋은 표정을
너에게 보이고 싶다

이것이 내가 너를
사랑하는 진정한 이유
나 스스로 네 앞에서 가장
좋은 사람이 되고 싶은 소망이다.

내　사　랑

100 도 詩

김용택

1948~

사랑을 공유하고 싶은 사람은 아무도 없다. 꽃이 피고 눈 내리고 바람 부는 날들을 함께 겪
어내고 우리만의 경험들이 차곡차곡 쌓인 세상 단 하나 뿐인 나만 아는 숲, 그것이 그대이다.

단 한 번의 사랑   김용택

이 세상에

나만 아는 숲이 있습니다

꽃이 피고

눈 내리고 바람이 불어

차곡차곡 솔잎 쌓인

고요한 그 숲길에서

오래 이룬

단 하나

단 한 번의 사랑

당신은 내게

그런 사랑입니다

내　사　랑

1 0 0　도 詩

용혜원

1952~
처음이라는 말은 늘 순수하고 아름답게 기억된다. 첫 눈, 첫 키스, 첫 사랑, 첫 날밤……
가슴에 사랑을 품고 있는 사람은 행여 그것이 퇴색되거나 변질되거나 욕심으로 관계가 파탄
이 날까 걱정스럽다. 언제나 처음처럼 그렇게 순수하게 사랑할 수 있다면……

처음처럼   용혜원

우리 만났을 때
그때처럼
처음처럼
언제나 그렇게 순수하게
사랑하고 싶습니다

처음 연인으로 느꼈던
그 순간 느낌대로
언제나 그렇게 아름답게
사랑하고 싶습니다

퇴색하거나
변질하거나
욕심 부리지 않고

우리 만났을 때
그때처럼
처음처럼

내 사 랑

100도 詩

버지니아 울프

1882~1941
오래 만났고, 오래 보아왔기 때문에 '당신에 대한 내 마음'이 한 번도 변한 적이 없음을 비로소
알 수 있다. 콩깍지는 벗겨지고 가슴의 두근거림은 익숙해 무뎌진다 하더라도, 매일매일 같이
있고픈 게 바로 당신, 그리고 지금 무르익은 이 사랑이다.

이런 사랑   버지니아 울프

세상에 둘도 없는 친구나
이 세상 하나뿐인 다정한 엄마도
가끔 멀리하고 싶을 때가 있는데
당신은 아직 한 번도 싫은 적이 없습니다
어떤 옷에도 잘 어울리는 벨트나
예쁜 색깔의 매니큐어까지도
몇 번 쓰고 나면 바꾸고 싶지만
당신에 대한 마음은 아직 한 번도
변한 적이 없습니다
새로 산 드레스도
새로 나온 초콜릿도
며칠만 지나면 곧 싫증나는데
당신은 아직 한 번도
싫증난 적이 없습니다
오래 숙성된 포도주나 그레이프 디저트도
매일 먹으면 물리는데
당신은 매일매일 같이 있고 싶습니다

이병률

1967~
누구에게나 청춘의 사랑은 가진 것 다주고, 당신의 뜻만 살피고, 당신하고만 다닐 수 있을 것이다. 그러나 노년이 되어 이마에 자주 손 올려주고 함께 눈이 멀며 함께 아플 수 있을 사랑이 얼마나 있을까?

내 사 랑

100도 詩

백 년 이병률

백 년을 만날게요
십 년은 내가 다 줄게요
이십 년은 오로지 가늠할게요
삼십 년은 당신하고 다닐래요
사십 년은 당신을 위해 하늘을 살게요
오십 년은 그 하늘에 씨를 뿌릴게요
육십 년은 눈 녹여 술을 담글게요
칠십 년은 당신 이마에 자주 손을 올릴게요
팔십 년은 당신하고 눈이 멀게요
구십 년엔 나도 조금 아플게요
백 년 지나고 백 년을 한 번이라 칠 수 있다면
그럴 수 있다면 당신을 보낼게요

내　사　랑

1 0 0 도 詩

김정한

가마솥에 물 끓듯이 들끓는 사랑만이 사랑이 아니다. '흐르는 강물처럼 늘 그 자리에서 편안함을 주고 바라만 보아도 있는 듯 없는 듯 하는' 그런 사랑도 누구 못지 않게 뜨거운 사랑인지 모른다.

당신이 참 좋습니다 김정한

가진 것 많지 않아도
마음이 따뜻한 당신이 좋습니다
언제 달려가 안겨도
마음 편히 쉴 수 있는 넉넉한 당신이 좋습니다
내가 죽을 만큼 힘들 때 말없이 등을 두드리며
마음으로 용기를 주는 당신이 좋습니다
흐르는 강물처럼 늘 그 자리에서 편안함을 주고
바라만 보아도 있는 듯 없는 듯 하는 당신이 좋습니다
언제 어디서나 기댈 수 있는 진실의 언덕이 있고
언제 어디서나 마음 나눌 수 있는
순수의 강물이 흐르는 내 어머니 품속 같은 사람
이 세상 다하는 날까지 한결같이 따뜻한
나만의 당신으로 오래오래 머물렀으면 좋겠습니다
그런 당신이 있어 나 지금 행복합니다
당신이 참 좋습니다

내 사 랑

1 0 0 도 詩

자크 플로베르

성냥개비 하나가 타오르는 그 짧은 순간에도 나는 너 얼굴을 얻고 두 눈을 얻고 너의 입을 볼 수 있다. 그리고 깊은 어둠이 이어져도 너의 모든 것을 기억할 수 있다. 너는 그만큼 강렬 하기 때문이다.

성냥개비 같은 사랑   자크 플로베르

고요한 어둠이 내리는 시간
성냥개비 세 개에
하나씩
불을 붙인다.

첫째 개비는 너의 얼굴을 얻기 위해
둘째 개비는 너의 두 눈을 얻기 위해
마지막 개비는 너의 입을 보기 위해

그리고 불이 꺼지면
찾아 온 깊은 어둠 속에

너를 내 품에 안고
그 모든 것을 기억하기 위해

내 사 랑

1 0 0 도 詩

허영자

1938~
물이 되고 별이 되고 꿈이고 생시이다 그 전부가 되었다가 아무것도 아닌 것이 되어
그대의 한 부름만을 오롯이 기다려야 하는 사랑. 이렇게 어려운 사랑을 하고 있다. 시인은.

그대의 별이 되어 허영자

사랑은
눈멀고 귀먹고 그래서 멍멍히 괴어 있는
물이 되는 일이다
물이 되어 그대 그릇에
정갈히 담기는 일이다
사랑은
눈 뜨고 귀 열리고 그래서 총총히 빛나는
별이 되는 일이다
별이 되어 그대 밤하늘을
잠 안자고 지키는 일이다
사랑은
꿈이다 생시이다가 그 전부이다가
마침내 아무것도 아닌 것이 되는 일이다
아무것도 아닌 것이 되어 그대 한 부름을
고즈넉이 기다리는 일이다

내　사　랑

100도 詩

세리 카스텔로

사랑을 하면 예뻐진다고 한다. 외모만 아니라 마음까지 말하는 것이리라.
그리고 전에 없이 아름다워지고 성숙해지고 어느 누구에게도 마음 열 수 있는
그런 자신의 모습을 좋아하지 않을 사람이 누가 있을까?

그대와 함께 있을 때 세리 카스텔로

나는 그대와 함께할 때의
나의 모습이 좋습니다.
그것이 나의 진정한 모습이라는 생각이 들기 때문이죠.
그대 사랑의 햇빛에 싸여서
한층 더 성숙해지고
한층 더 아름다워지는 나의 모습을,
내가 모든 시간을 그대와 함께할 수는 없지만
그대와 함께 있을 때
나는
어느 사람과도 마음을 열고 만날 수 있는
보다 크고 따뜻한 모습이 되는 걸 느낀답니다.

내　사　랑

1 0 0 도 詩

라이너 쿤체

1933~
이기적 사랑을 하는 이는 사랑하는 사람보다 일찍 죽고 싶다고 한다. 혼자 남는 외로움을 견
뎌야 할 일이 두려워서. 그런데 시인은 사랑하는 이에게 나보다 조금만 일찍 죽으라고 한다.
집으로 돌아오는 길이 외로울까봐……

당부, 그대 발치에 라이너 쿤체

나보다 일찍 죽어요, 조금만
일찍

당신이
집으로 돌아오는 길을
혼자 와야 하지 않도록

내 사 랑

1 0 0 도 詩

요한 볼프강 폰 괴테

1749 ~ 1832
변해야 살아남는다고 외치는 시대에 세계적 대문호는 변하지 않는 것이 참다운 사랑이라고
말한다. 그래서 이 시대에 참다운 사랑을 찾기가 이토록 어려운 걸까?

그것이 참다운 사랑이다 요한 볼프강 폰 괴테

모든 것이 허용되었을 때도,
모든 것이 거부당했을 때도,
언제나 변하지 않는 것,
그것이 참다운 사랑이다.

내 사 랑

1 0 0 도 詩

이수동

1959 ~
피고 지고, 피고 지는 꽃 같은 당신을
사랑하는 나는 변함없이 그 자리를 지키는 나무. 그런 나를 버티게 해주는 힘은 그대의 향기.

동행 이수동

꽃 같은 그대,
나무 같은 나를 믿고 길을 나서자.
그대는 꽃이라서 10년이면 10번은 변하겠지만
나는 나무 같아서 그 10년, 내 속에 둥근 나이테로만
남기고 말겠다.

타는 가슴이야 내가 알아서 할 테니
길 가는 동안 내가 지치지 않게
그대의 꽃향기 잃지 않으면 고맙겠다.

내 사 랑

100도詩

내　사　랑

100도詩

출처

1

〈당신에게〉 정호승 / 《사랑하다 죽어버려라》 창비
〈하나의 부채꼴〉 나선미 / 《너를 모르는 너에게》 연지출판사
〈사랑을 훔치다〉 박가을 / 《사랑을 훔치다》 뜨락에
〈사랑의 물리학〉 김인육 / 《사랑의 물리학》 문학세계사
〈어쩌면 술가〉 윤보영 / 《커피와 시와 사랑 그리고 쓰다》 카드들
〈온산이 붉어지〉 복효근 / 《따뜻한 외면》 실천문학사
〈그런 날〉 김요비 / 《안녕, 보고 싶은 밤이야》 시드페이퍼
〈안아〉 임중효 / 《너는 한 번도 읽어진 적 없는 문장이다》 아우룸
〈사랑이 시작될 때〉 변세영 / 《그런 날, 그대를 만났습니다》 지식과감성

2

〈너의숨〉 나태주 / 《꽃을 보듯 너를 본다》 지혜
〈12월 한 낮의〉 고정희 / 《지리산의 봄》 문학과지성사
〈먼 눈〉 김광규 / 《좀팽이처럼》 문학과지성사

엮은이 민병준

시를 사랑하고 시인을 꿈꾸는 청년이다.
사랑이 가슴 속에 들어오는 순간 모두가 시인이 되고,
그 사랑을 전할 수 있는 가장 아름다운 언어가 시의 언어라고 믿고 있다.
이 시집이 설레는 시작과 뜨거운 열정, 은근한 사랑을 전하는 멋진 도구가 되길 바란다.

내 사랑 100도 詩

초판 1쇄 발행   2017년 12월 8일

엮은이   민병준

펴낸이   이혜경
편집   유도현
디자인   이경란
제작·관리   김애진

펴낸곳   니케북스
출판등록   2014년 4월 7일 제300-2014-102호
주소   서울시 종로구 새문안로 92 광화문 오피시아 1717호
전화   (02) 735-9515
팩스   (02) 735-9518
전자우편   nikebooks@naver.com
블로그   nikebooks.co.kr
페이스북   www.facebook.com/nikebooks
트위터   twitter.com/nikebooks
인스타그램   www.instagram.com/nike_books

ISBN 978-89-94361-80-2 13810